Dans le ventre du cheval de Troie

Loi n° 49-956 du 16 juillet 1949
sur les publications destinées à la jeunesse
ISBN 978-2-09-202316-7
N° éditeur : 10193297 – Dépôt légal : janvier 2013
Imprimé en France par la Nouvelle Imprimerie Laballery
58500 Clamecy - N° d'impression : 211218

petites histoires de la MYTHOLOGIE

Dans le ventre du cheval de Troie

Hélène Montardre

Illustrations de Nicolas Duffaut

Nathan

1
La ville imprenable

Il fait nuit. C'est la pleine lune. Les murailles de la ville se détachent sur le disque d'argent. Hautes, puissantes, épaisses, terrifiantes, imprenables.

– Imprenable ! rugit justement Nestor depuis la tente voisine.

Et il répète, comme s'il craignait qu'on ne l'ait pas entendu :

– Je vous dis que Troie est imprenable !

Dehors, seul dans l'obscurité, Ulysse observe les remparts. Il a souvent trouvé que Nestor était parfois un peu trop prudent. Mais cette fois-ci, il n'est pas loin de penser que son vieux compagnon n'a pas tout à fait tort.

Et il n'est pas le seul à pencher du côté de Nestor.

– Nestor a raison, approuve une autre voix.

Ulysse la reconnaît : c'est celle d'Acamas.

– Moi, dès demain, je plie bagage, bougonne un autre.

Il y a un court instant de silence.

Ulysse se demande ce qui va se passer. Plier bagage ? Un frisson le parcourt à cette idée. Voilà dix ans qu'il campe, avec les autres chefs grecs, au pied de Troie. Dix ans de batailles et de combats sous ces murs qui restent intacts malgré tous leurs efforts, toutes leurs prouesses.

Ulysse est comme les autres. Il est fatigué et il en a assez.

Lorsqu'on est allé le chercher dans son île, il y vivait bien tranquillement... Hélène, la femme du roi Ménélas, venait d'être enlevée par Pâris, le fils du roi de Troie. Il fallait monter une expédition, retrouver Hélène, détruire Troie. Comme les autres chefs grecs, Ulysse avait cru que ce serait l'affaire de quelques mois.

Dix ans ont passé.

Troie est toujours intacte.

Et Hélène toujours à l'intérieur.

Alors aujourd'hui, l'idée de s'en aller lui semble bien tentante...

C'est aussi ce qu'ont l'air de penser les autres. Car, sous la tente, la discussion a repris.

– Moi aussi, assure l'un. Je rassemble mes hommes et je rentre.

– Je t'accompagne, fait un autre.

Ulysse reconnaît les voix de Thessandre et de Sthénélos.

À cet instant, il a envie de les rejoindre et de clamer : « Je partirai avec vous ! »

Mais quelque chose le retient. Dix ans de guerre, dix ans d'absence pour abandonner maintenant ? Trop bête.

Il doit bien y avoir une solution pour faire tomber Troie ! Et cette solution, il faut qu'il la trouve…

Il lève les yeux vers la lune comme si une réponse pouvait s'y cacher. Un nuage en a obscurci une partie. Au gré de la brise légère qui vient de se lever, il change doucement de forme. Ulysse ne le quitte pas du regard. Il n'entend plus les voix qui résonnent sous la tente, ni le bruit des coupes qui s'entrechoquent car les autres sont déjà en train de boire à leur départ !

Il regarde la solution que le nuage est en train de dessiner : un corps puissant, une tête allongée, une queue qui s'effiloche loin au-delà du disque argenté…

Il a un petit rire.

Voilà deux minutes à peine il était prêt à suivre ses compagnons sur la route du retour. À présent, il sait qu'ils ne s'en iront pas.

Pas comme ça.

Pas avant d'avoir essayé une dernière fois.

Reste à les convaincre.

À grands pas décidés, Ulysse regagne la tente.

Ulysse n'est pas très grand. Beaucoup disent même qu'il est plutôt petit. S'il se trouve au milieu d'une foule, on ne le remarque pas. Il n'y a rien dans son physique qui puisse attirer l'œil. Pourtant, il a quelque chose de très particulier : quand il parle, on l'écoute.

Et cette nuit-là, lorsqu'il pénètre dans la tente, un demi-sourire aux lèvres, et lève la main pour demander la parole, tous les autres suspendent leurs gestes.

– Voulez-vous toujours prendre Troie ? questionne-t-il gravement.

Des rires lui répondent. Ceux d'Acamas et de Thoas.

– Ulysse a toujours aimé plaisanter ! s'exclame le premier d'une voix moqueuse.

– Je n'ai pas envie de plaisanter, réplique Ulysse sèchement. Si vous voulez Troie, je vous la livre. Sinon, vous pouvez rentrer chez vous comme des vaincus !

Un silence de mort s'installe sous la tente. Traiter les autres de vaincus, cela ne se fait pas… même si c'est un peu vrai !

– Nous combattons depuis dix ans sans aucun succès, beaucoup d'entre nous sont morts, et toi, tu vas nous livrer Troie ? murmure enfin Agamemnon, le chef de l'expédition.

– Exactement.

– Et comment ?

Ulysse sent l'excitation l'envahir. Il sait qu'il a déjà gagné.

Il réplique :

– À l'aide d'une petite ruse. Écoutez-moi…

2
Une ombre sur le sol

Au pied des remparts de Troie, entre la ville et la mer, une grande plaine s'étend. C'est là que les Grecs ont installé leurs campements. Les tentes s'alignent les unes à côté des autres et des allées permettent de circuler entre elles, comme dans une vraie cité.

Les navires qui ont amené les guerriers depuis la Grèce lointaine sont tirés sur le rivage. Tout au long de ces dix années qu'a duré le siège de Troie, ils ont été soigneusement entretenus car ils doivent être prêts à reprendre la mer aussitôt que les chefs le décident.

Non loin de là, une forêt couvre une colline. Avant l'aube, Ulysse y a rassemblé un groupe d'hommes. Il a choisi les meilleurs charpentiers, ceux qui ont construit les bateaux qui ont conduit les Grecs jusqu'aux rivages troyens, et il leur a expliqué ce qu'il attendait d'eux.

Et depuis, les ouvriers coupent, scient, assemblent. La nuit ne les arrête pas. À la lueur des torches, ils poursuivent leur travail. Dès le jour suivant, l'image qu'Ulysse a vue se profiler contre la lune prend forme : un cheval.

Un cheval gigantesque.

Ses jambes sont aussi hautes que les troncs des arbres, son ventre aussi vaste qu'un navire, et sa tête se dresse fièrement loin au-dessus du sol.

Debout à côté d'Ulysse, Ménélas l'examine. Il n'a pas l'air très convaincu. Il n'est pas vraiment rassuré non plus, mais il ne veut pas le montrer.

– Et tu as l'intention de nous faire grimper là-dedans ? demande-t-il.

– Han han, fait Ulysse qui crie à l'intention des ouvriers : Consolidez-le encore ! Nous serons nombreux là-dedans. Il faut qu'il puisse supporter notre poids.

Pendant ce temps, au campement, tout le monde s'active.

On vide les tentes, on emplit les coffres.

On démonte les maisons de toile, on charge les navires.

On rassemble les armes, le matériel, les chevaux.

On prépare les bateaux comme pour une longue traversée.

Tout va très vite, et en silence. Chacun sait ce qu'il a à faire. Et quand la nuit arrive à nouveau, tout est prêt.

Alors, dans la lumière de la lune, un étrange spectacle débute.

Cela commence par une ombre sans fin qui s'allonge sur la plaine. Cette ombre, c'est celle du cheval de bois que les Grecs ont construit. Elle glisse sur le sol, épouse ses bosses et ses creux, penche d'un côté, de l'autre, couvre peu à peu tout l'espace.

Puis le cheval lui-même apparaît. Il est encore plus gros et plus grand que ce qu'Ulysse avait imaginé. Son dos frôle le sommet des arbres et sa tête semble chatouiller les étoiles.

Les charpentiers ont fixé des roues à ses pieds, glissé des cordages dans des encoches prévues à cet effet. Deux files d'hommes se sont attelés. Ils sont minuscules à côté de la statue, mais ils tirent fort et, peu à peu, l'étrange équipage sort du bois et gagne le vaste espace au pied des remparts de Troie, là où tant de combats ont eu lieu.

Enfin, il s'immobilise. Les cordages tombent à terre, comme de longs serpents immobiles. Dans le plus grand silence, les Grecs les récupèrent. Puis ils démontent les roues et contemplent leur œuvre une dernière fois. Ils ont eux-mêmes l'air surpris de ce qu'ils viennent d'accomplir. Finalement, ils se décident, tournent le dos à la statue de bois et s'en vont vers la mer.

3
QUAND LE JOUR SE LÈVE…

– Ça ne bouge plus, murmure quelqu'un.

– On n'entend plus rien, chuchote un autre.

– Que font-ils à présent ? questionne un troisième.

Dans le ventre du cheval, les guerriers grecs sont assis côte à côte. Il y a Thessandre et Sthénélos ; Acamas et Thoas ; Diomède, le grand ami d'Ulysse ; le jeune Néoptolème ; et aussi Ménélas, Anticlos, Machaon et Épéos, qui a dirigé la construction du cheval. Et Ulysse, bien sûr.

Les charpentiers ont fait de leur mieux pour installer des bancs de bois, mais même ainsi, ce n'est pas très confortable. Surtout qu'il faut aussi un peu de place pour les casques, les armes, les boucliers. Une fois installé, plus moyen de bouger le petit doigt !

– C'est long, grogne une voix.

– J'ai une crampe ! s'exclame quelqu'un.

– Attends, propose son voisin. Je me pousse, tu pourras étendre ta jambe.

– Mais enfin, qu'est-ce qu'ils font ? reprend le premier avec colère.

– Qui « ils » ? interroge une voix. Les nôtres ou les Troyens ?

Ulysse décide d'intervenir. S'il laisse chacun dire ce qu'il a sur le cœur, tous vont s'énerver et ils finiront par se taper dessus. Et dans le ventre du cheval, il n'y a pas assez d'espace pour se battre !

Il explique :

– Les nôtres ont accompli leur tâche. Ils ont abandonné le cheval de bois sous les murs de Troie, bien en vue. Ils ont rejoint les bateaux et hissé les voiles. Ils voguent à présent vers l'île de Ténédos. Ils vont se cacher dans une baie secrète et attendre le signal.

– Et les Troyens ?

– Quand ils se réveilleront, les Troyens monteront sur les remparts de leur cité, comme chaque matin, et ils auront la plus grosse surprise de leur vie...

Ulysse continue à parler et les hommes l'écoutent. Quelques-uns somnolent. Plus personne ne se plaint. Le temps s'écoule.

Ulysse s'est hissé dans la tête du cheval, sur une petite plate-forme fixée à son intention. Sa propre tête est juste à la hauteur de l'un des yeux du cheval et, de là, il peut voir ce qui se passe aux alentours.

Il voit les étoiles qui s'éteignent une à une.

Il voit la nuit qui s'éclaircit lentement.

Il voit le petit jour qui arrive.

Il voit les remparts de Troie, déserts.

Il voit une silhouette qui surgit sur les remparts de Troie.

Il voit une deuxième silhouette qui rejoint la première.

Il voit la première silhouette tendre le bras.

Il voit la deuxième silhouette regarder dans la direction du cheval de bois.

Il voit d'autres silhouettes rejoindre les deux premières.

Il voit les silhouettes s'agiter dans tous les sens.

Il annonce à ses compagnons :

– Ça y est ! Ils ont découvert le cheval !

Dans le ventre du cheval, plus personne ne dort. Tout le monde voudrait bien être à la place d'Ulysse, mais la plate-forme sur laquelle il est juché est bien trop étroite ! Alors ils doivent se contenter de l'écouter.

– Je vous l'avais dit, c'est la plus grosse surprise de leur vie ! Depuis dix ans, chaque matin, ils grimpent sur les remparts et vous savez ce qu'ils aperçoivent ?

L'un des compagnons d'Ulysse décrit :

– Nos campements, nos tentes, nos chevaux, nos navires, nous-mêmes !

– Exactement ! approuve Ulysse. Et là, vous imaginez ?

L'autre reprend :

– Plus rien. Plus de tentes, plus de chevaux, plus de navires, plus de soldats grecs. Nous avons plié bagage pendant la nuit…

– Ils vont vraiment croire ça ? interroge Acamas.

– Évidemment ! assure Ulysse. Et quelqu'un va les y aider…

– Qui ?

– Tu vas voir… Ou plutôt entendre ! Oh ! Les portes s'ouvrent ! Ils sortent… Ils sont plusieurs, ils sont armés, ils regardent autour d'eux… Ils se méfient.

– Je les comprends, murmure Diomède.

– Ils n'ont aucune raison de se méfier, ricane Thoas. Il ne reste de nous qu'un gros cheval de bois abandonné.

– Et s'ils se doutaient de quelque chose ? s'inquiète Ménélas. S'ils… S'ils décidaient d'incendier le cheval ?

– Tais-toi ! ordonne Diomède. Tu vas nous porter malheur.

– Ils ne feront pas ça ! tranche Ulysse.

– Je ne veux pas mourir dans cette boîte, grogne Ménélas. Je ne veux pas mourir sans combattre.

– Tu vas combattre, promet Ulysse. Ils approchent. La foule les suit. Ils sont de plus en plus nombreux… Écoutez !

Dans le ventre du cheval, les guerriers grecs tendent l'oreille. Ils entendent le bruit des pas des Troyens sur le sol.

Ils entendent le cliquetis de leurs armes.

Ils entendent les murmures de la foule qui, peu à peu, sort de la ville.

Ils entendent le rire clair d'une jeune fille.

Ils entendent les voix des hommes qui s'interrogent :

– Où sont passés les Grecs ?

– Qu'est-ce que c'est, ce cheval ?

– Ils sont partis, vous croyez ?

– C'est une offrande qu'ils nous ont laissée ?

– Oui ! C'est une offrande ! Ils ont enfin reconnu que nous étions les plus forts ! Ils ont abandonné et ils nous ont laissé ce cadeau ! Amenons-le chez nous !

– Vous êtes fous ! Ce n'est pas une offrande, c'est une machine de guerre !

– Il faut la brûler !

– Il faut la jeter dans la mer !

Dans le ventre du cheval, les Grecs frémissent. L'un d'eux essaie de se lever. Du haut de son perchoir, Ulysse fait un geste et pose un doigt sur sa bouche pour ordonner le silence. L'autre se rassoit.

– Taisez-vous ! tonne soudain un Troyen. On dirait que vous ne connaissez pas les Grecs !

– Parce que toi, Lacoon, tu les connais ! se moque une voix.

– Aussi bien que vous ! Méfiez-vous de ce cheval !

– Lacoon ! Tu nous fais perdre du temps, là !

– Oui, c'est vrai ! Allez, pousse-toi...

– Pas question ! clame Lacoon. Avant d'introduire ce cheval chez nous, je veux savoir ce qu'il a dans le ventre.

Ulysse n'a pas le temps de prévenir ses compagnons. Il voit Lacoon se saisir d'un javelot et le lancer de toutes ses forces contre le ventre du cheval. L'arme vient se ficher dans le bois avec un bruit sourd. À l'intérieur, les guerriers grecs, surpris, ne peuvent réprimer un gémissement. Ulysse retient son souffle. Et si on les avait entendus ?

Mais des cris attirent l'attention des Troyens.

– Un espion ! On a trouvé un espion !

4
UN MENSONGE… ÉNORME !

Ulysse sourit en voyant le spectacle qui se déroule sous ses yeux.

Pourtant, il n'y a vraiment pas de quoi rire et il n'aimerait pas être à la place de l'homme qu'une poignée de guerriers troyens poussent devant eux. Ses jambes sont entravées, ses mains attachées dans son dos. On voit qu'il a été battu et, sur son passage, les Troyens et les Troyennes crachent sur lui et hurlent :

– À mort ! À mort l'espion ! À mort !

Arrivé devant Priam, le roi des Troyens, le prisonnier se laisse tomber à ses pieds et s'exclame :

– Ah ! Je n'ai plus qu'à mourir ! Tuez-moi, s'il vous plaît !

La foule se tait d'un coup. Un prisonnier qui réclame la mort, cela n'est pas courant ! Pourquoi celui-ci est-il aussi pressé ?

C'est justement ce que lui demande Priam :

– Tu es bien jeune pour mourir. Qu'est-ce qui te pousse à souhaiter cette punition ?

– Je suis grec. Et comme vous le voyez, les Grecs sont partis.

– Ils t'ont abandonné ?

– Pas exactement…

– Tu n'as pas voulu aller avec eux ?

– Ce n'est pas tout à fait ça non plus.

– Alors, s'emporte Priam, dis-nous ton nom et raconte ton histoire.

– Je m'appelle Sinon, commence le prisonnier. J'ai suivi mon peuple jusqu'ici et voilà dix ans que je me bats pour lui.

– Sans avoir réussi à nous vaincre, ricane l'un des Troyens.

– Justement, s'empresse de poursuivre Sinon. À plusieurs reprises, les Grecs ont voulu abandonner, quitter Troie et rentrer chez eux.

– Ils ne l'ont pas fait, constate le roi Priam.

– Ils ont essayé ! assure Sinon. Mais, chaque fois qu'ils ont voulu mettre leurs bateaux à la mer, la tempête s'est levée. Impossible de partir. Finalement, ils ont décidé d'aller consulter un oracle.

– Et qu'a dit l'oracle ?

– L'oracle a déclaré que pour calmer la mer, il fallait sacrifier l'un d'entre nous.

Un murmure parcourt la foule. Sacrifier un homme !

– Et comment devaient-ils choisir l'homme à sacrifier ? interroge le roi des Troyens.

Sinon baisse la tête.

– C'est bien là le problème… L'oracle n'a rien précisé à ce sujet.

– Et alors ?

– Alors… Ulysse ne m'a jamais aimé ! explose Sinon. Je ne sais pas si vous connaissez Ulysse, mais quand il déteste quelqu'un, c'est terrifiant. Et il a une terrible influence sur les autres, vous savez. Il les a montés contre moi, il a déclaré que j'étais la victime idéale.

– Et les autres l'ont cru ?

– Naturellement ! Ils étaient bien trop contents ! Si c'était moi qu'on sacrifiait, eux étaient épargnés. Dans ce genre de situation, je peux vous garantir que vous ne trouvez personne pour vous aider !

– C'est juste, sourit le roi des Troyens. Mais tu n'es pas mort…

– Non. Ils ont préparé le sacrifice. Ils ont confectionné des gâteaux au sel pour les émietter sur ma tête. Ils ont entouré mon front avec des bandelettes de laine blanche. Ils ont attendu l'aube…

Chez les Troyens, chacun retient son souffle. Le récit de Sinon est tellement incroyable… et si bien raconté ! Dans le ventre du cheval, les guerriers grecs n'en perdent pas un détail. Pourtant, la plupart le connaissent ! Ulysse lui-même l'a fait répéter à Sinon jusqu'à ce qu'il le sache par cœur. Et en entendant le jeune homme clamer sa colère contre Ulysse et sa peur à l'idée d'être sacrifié, les Grecs se disent que Sinon est vraiment un très bon acteur.

Sinon a compris que les Troyens croient à son histoire et il fait durer le plaisir.

– Moi, bien sûr, je ne pouvais pas dormir. Imaginez : encore quelques heures à vivre et, au lever du soleil, le couteau du prêtre sur mon cou. Brrrrrr !

Dans l'auditoire, plusieurs frissonnent en même temps que Sinon.

Dans le ventre du cheval, les guerriers grecs ont du mal à retenir un fou rire.

– Mais celui qui me gardait, poursuit Sinon, lui n'avait aucune raison de rester éveillé. Et il s'est endormi. J'ai attendu, attendu. J'ai guetté les bruits du campement et le souffle de mon gardien. Quand j'ai été certain que personne ne pourrait me surprendre, j'ai défait mes liens, je me suis caché dans les hautes herbes près du lac au bord de la mer. Le matin, j'ai entendu les Grecs qui me cherchaient, qui m'appelaient. Je me suis enfoncé plus loin dans les roseaux. J'ai eu de la chance : ils ne m'ont pas découvert. Mais surtout…

Sinon laisse le suspense s'installer. Le roi des Troyens répète :

– Surtout ?

– Surtout, ce matin, la mer était calme et les bateaux étaient prêts. C'est la première fois que ces deux conditions étaient réunies. Ils ont dû se dire qu'il fallait en profiter. Ils ont arrêté leurs recherches, renoncé au sacrifice et ils m'ont abandonné.

Sinon s'interrompt un instant puis reprend :

– Vous comprenez à présent pourquoi je veux mourir ? Je n'ai plus de patrie. Jamais plus les Grecs ne voudront de moi. Et ici, je suis en terre ennemie. Vous-mêmes l'avez crié quand on m'a amené : « À mort ! À mort l'espion ! À mort ! »

Les Troyens se regardent. Ils ont un peu honte soudain d'avoir si mal reçu cet étranger rejeté par les siens. Leur roi déclare :

– Sinon, tu n'as plus qu'une chose à faire : oublier les Grecs, oublier ton pays. Cependant, si tu le souhaites, tu peux rester parmi nous et devenir l'un des nôtres.

Dans le ventre du cheval, c'est le soulagement. Sinon a bien tenu son rôle, les Troyens sont en train de tomber dans le piège.

À l'extérieur, au pied de la statue, le roi Priam reprend :

– À présent que tu es des nôtres, Sinon, dis-nous la vérité. Qui a eu l'idée de construire ce cheval monstrueux ? Et pourquoi ? Est-ce une machine de guerre, comme le prétendent certains d'entre nous ? Est-ce une offrande pour les dieux ?

– Oh ! Ça ! s'exclame Sinon d'un air désinvolte en considérant la statue comme s'il venait juste de la découvrir. C'est encore la faute d'Ulysse !

– La faute d'Ulysse ? Mais enfin, c'est quoi cette statue ? À quoi sert-elle ?

– Alors là, il faut reprendre l'histoire dès le début. Souvenez-vous... Il n'y a pas si longtemps, quand les Grecs assiégeaient Troie, deux d'entre eux sont entrés une nuit dans la ville. L'un se nommait Diomède et l'autre...

– L'autre était Ulysse, complète le roi des Troyens d'une voix basse pleine de colère.

– Oui ! s'exclame Sinon. Ulysse ! Toujours Ulysse ! Cette nuit-là, personne ne les a vus se glisser dans la ville, gagner le temple et...

– Et voler la statue d'Athéna ! gronde le roi des Troyens.

– Exactement, confirme Sinon. Ils ont posé leurs mains sales sur la statue de la déesse, ils l'ont arrachée à son temple et ils l'ont emportée. Les Grecs n'ont aucun respect pour rien, conclut Sinon.

– Quel rapport avec ce cheval ? interroge Priam.

– Ah oui ! Le cheval... Eh bien, figurez-vous qu'Athéna n'a pas du tout, mais alors là pas du tout, apprécié d'être enlevée ainsi. Et elle l'a fait savoir aux Grecs ! Écoutez ce qui s'est passé...

Autour de Sinon, les Troyens retiennent leur souffle.

Et, dans le ventre du cheval, les Grecs en font autant !

Ulysse commence à être inquiet. Est-ce que Sinon n'en fait pas un peu trop ? Est-ce que les Troyens ne vont pas finir par se rendre compte qu'il se moque d'eux ? Mais, prisonnier du cheval, Ulysse ne peut pas intervenir et il sait que rien ne peut arrêter Sinon.

Et Sinon poursuit :

– Diomède et Ulysse ont installé la statue d'Athéna dans le camp des Grecs, comme une prise de guerre. Et aussitôt, des flammes ont jailli des yeux de la statue. Pire encore ! Elle s'est mise à transpirer. Puis à bondir en brandissant sa lance et son bouclier. Autant vous dire qu'Ulysse ne faisait plus le fier. Il a convoqué le devin Calchas. Celui-ci a tout de suite su ce qu'il fallait faire et il l'a annoncé aux Grecs.

– Et que devaient-ils donc faire ? Construire un cheval de bois ?

– Entre autres choses. Ils devaient aussi retourner en Grèce, demander de l'aide aux dieux, se procurer des armes et revenir ici pour vous tomber dessus à l'improviste. Et pour calmer la colère d'Athéna, ils devaient construire ce cheval de bois.

Devant les explications de Sinon, Priam est perplexe. Il demande :

– Mais pourquoi avoir élevé une statue de cette taille ?

– Pour que vous ne puissiez pas l'introduire dans Troie, tiens ! Regardez-la et regardez les portes de votre ville.

Priam évalue la taille de la statue puis porte son regard vers Troie. Tous ceux qui sont présents font de même et les têtes se tournent avec un bel ensemble. Et tous doivent le constater : la statue est bien trop grosse pour pouvoir franchir les portes de la ville !

– Eh bien ce n'est pas grave, constate Priam. Ce cheval est l'affaire des Grecs. Nous allons le détruire. Et quand les Grecs reviendront, nous serons prêts à les recevoir. Ce n'est pas demain qu'ils nous surprendront !

– Roi Priam, vous faites ce que vous voulez

avec ce cheval. Laissez-moi juste vous répéter les dernières paroles du devin Calchas.

– Tu n'en as pas fini encore ? Dépêche-toi, alors !

– Je fais vite ! Si vous détruisez cette statue, un grand malheur s'abattra sur Troie. En revanche, si vous réussissez à la faire entrer dans la ville, non seulement elle la protégera, mais en plus, elle vous aidera à monter une expédition contre les Grecs et à les vaincre sur leur propre territoire !

Le roi Priam caresse sa barbe d'un air songeur. Monter une expédition… Vaincre les Grecs sur leur propre territoire… Et pourquoi pas ?

Mais comment introduire le cheval dans Troie ?

Il en est là de ses réflexions quand un mouvement agite la foule. Des bras se tendent. Une voix crie :

– Là-bas ! Sur la mer ! Regardez !

5
Punition divine

Dans le ventre du cheval, les Grecs se redressent. Ils se tournent vers Ulysse. Ils le voient pâlir. Ils le voient qui approche encore sa tête de l'œil du cheval, si près qu'il se cogne ! Ils le voient qui porte machinalement sa main à son front pour se frotter là où il s'est cogné.

– Qu'est-ce que… commence Diomède.

D'un geste, Ulysse lui demande le silence.

À l'extérieur, ce n'est pas le silence.

Au contraire.

Des cris, des hurlements s'élèvent.

Les Grecs essaient de comprendre, de saisir quelques mots au vol. Impossible. Ils devinent la terreur qui s'empare de la foule.

– Ulysse ! Dis-nous ! supplie Ménélas.

Ulysse essaie de parler, mais il n'y parvient pas.

Il se racle la gorge. On l'entend à peine lorsqu'il murmure :

– Des serpents…

– Des serpents ? Où ça ? interroge Anticlos.

– Sur la mer. Deux énormes serpents. Ils dressent leur poitrine au-dessus des vagues. Leur corps n'en finit pas. Des anneaux et des anneaux qui s'enroulent et se déroulent à la surface des flots. Ils viennent vers le rivage. Ça y est, ils sont tout près !

– Tu mens ! s'exclame Ménélas.

– Je ne mens pas ! Leur langue siffle. Écoutez !

Les Grecs tendent l'oreille. Et, effectivement, ils entendent des sifflements qui couvrent les cris de la foule.

– Les serpents sortent de la mer, reprend Ulysse. Ils rampent sur le sol. Leur corps est rouge, la couleur du feu. Ils s'approchent.

– Que fait la foule ?

– La foule recule. Beaucoup courent vers la ville. D'autres restent là. On dirait qu'ils sont cloués au sol. Et il y a cet homme…

– Quel homme ?

– Un géant. Une force de la nature. C'est Lacoon !

– Lacoon ! Celui qui voulait brûler notre cheval ? interroge Diomède.

– Celui qui a planté sa lance dans notre statue ? complète Épéos.

– Oui. C'est bien lui. Avec ses enfants. Deux garçons. Les serpents...

Ulysse se tait, détourne la tête. Il ne veut plus voir le spectacle qui se déroule devant lui, mais ses compagnons l'obligent à reprendre son poste.

– Regarde ! Dis-nous ! Que font les serpents ?

Alors Ulysse obéit et raconte à nouveau :

– Les serpents... Ils se sont enroulés autour des enfants. Ils broient leurs corps dans leurs anneaux.

– Et leur père ne fait rien ?

– Si, bien sûr ! Le voilà qui se précipite, les armes à la main. Il taille, il frappe... Les lames glissent sur les écailles ! Rien ne peut les entamer. Et ça y est ! Les serpents s'emparent de lui aussi. Lacoon résiste. Il se débat. Inutile. Je le vois qui tente d'écarter les anneaux qui l'étouffent.

Il bouge de moins en moins. Les enfants ne bougent plus du tout... Lacoon non plus...

Ulysse se tait.

À l'extérieur, les cris ont cessé. Les Grecs n'entendent plus un bruit, comme si la foule des Troyens avait soudain disparu. Puis ils perçoivent un son léger, un glissement sur le sol.

Ulysse commente :

– Les serpents s'éloignent. Ils montent vers le temple. Je ne les vois plus...

– Qu'est-ce que cela signifie ? murmure Machaon.

– Que les dieux sont de notre côté, répond Épéos sur le même ton. Ce Lacoon était le seul à douter de l'histoire de Sinon et ils ont envoyé les serpents pour le faire taire !

À l'intérieur du cheval, la nouvelle se répand aussi vite qu'un navire qui file sous le vent :

– Les dieux sont avec nous !

– Ils ont fait taire Lacoon !

Et à l'extérieur, les Troyens aussi voient dans l'apparition des serpents une intervention divine car l'un d'eux s'exclame :

– Athéna a puni Lacoon ! Il a osé lancer son javelot contre l'offrande ! Pas de doute, la déesse souhaite voir le cheval dans nos murs et, si nous n'obéissons pas, elle enverra d'autres serpents et nous périrons tous.

Le roi Priam lève les bras et clame :

– Du calme, du calme ! Pas question de contrarier Athéna. Ce cheval entrera dans Troie et y restera. Il faut juste trouver le moyen de lui faire franchir les portes…

À cet instant, Sinon l'interrompt en le tirant par la manche :

– Roi Priam, les portes sont trop petites. Ou le cheval trop grand. En tout cas, il ne passera pas. En revanche…

– En revanche ?

– Si vous abattez un morceau de vos murailles, il n'y aura plus aucune difficulté.

– Sinon a raison ! assure un conseiller de Priam. Pratiquons une brèche dans nos murs. Cela ira vite, et ce sera aussi rapide à reconstruire. Au travail !

– Et il faudra trouver des roues et des cordes pour tirer le cheval, glisse encore Sinon.

– Bien sûr, bien sûr…

6

Des guerriers impatients

– Il fait chaud.

– Il fait soif.

– Tiens, j'ai encore un peu d'eau dans ma gourde.

– C'est la chaleur surtout...

Dans le ventre du cheval, les Grecs commencent à trouver le temps long. Le soleil monte et, à l'intérieur de la carcasse en bois, la température monte aussi. Il faut dire que pas un arbre n'apporte son ombre bienfaisante. Tant de combats se sont déroulés ici que le vaste espace au pied des remparts de Troie s'est transformé en désert.

– Ulysse, dis-nous où ils en sont ! réclame Anticlos.

Ulysse observe les formidables murailles et il explique :

– Ils avancent, ils avancent. Ils sont nombreux. Un morceau de mur est déjà tombé.

– Il est malin, ce Sinon ! ricane Acamas. Demander aux Troyens de détruire eux-mêmes leurs remparts, il fallait y penser !

Ulysse ne relève pas. Cette idée-là aussi, c'est lui qui l'a eue. Depuis que le nuage a dessiné la forme d'un cheval sur le disque plein de la lune, il a élaboré son plan dans les moindres détails.

Il n'a pas prévu cependant le soleil qui brûle au-dessus de Troie, ni la chaleur intense dans la prison de bois, ni le mauvais caractère de ses compagnons !

– Ils sont vraiment lents, ces Troyens ! clame Ménélas. Vous vous rendez compte du temps qu'il leur faut pour abattre un misérable morceau de muraille ?

– Chut ! murmure Thoas. Ils vont finir par t'entendre !

– Ça m'est égal ! J'en ai assez d'attendre dans cette boîte ! Sortons et battons-nous.

– Ménélas a raison, affirment ses voisins. Ce n'est pas digne de nous d'attendre là, en cachette !

Ulysse intervient. Il lance :

– Ce qui ne serait pas digne de nous, c'est de nous montrer maintenant. De trahir Sinon et tous nos compagnons dissimulés de l'autre côté de l'île de Ténédos.

Les autres grommellent.

– Il n'y en a plus pour longtemps, assure Ulysse. Tenez, je vois les derniers blocs de pierre qui tombent. Il y a à présent un sacré trou dans leur enceinte !

– Est-ce qu'ils vont être capables de tirer le cheval jusque là-bas ? s'inquiète Épéos.

– Bien sûr ! Je vois tout un groupe qui approche, avec des roues et des cordes.

Les compagnons d'Ulysse sont bien obligés de le croire. Ils entendent des coups : ce sont les roues que l'on fixe aux pieds du cheval. Puis ils sentent la monstrueuse statue s'ébranler.

– Enfin, murmure Néoptolème. Il va se passer quelque chose !

– Pas tout de suite ! leur rappelle Ulysse. Il faut patienter jusqu'à la nuit…

– Et en attendant ?

– En attendant, les Troyens vont faire la fête.

– Sans nous, murmure Thessandre. Oups ! C'est quoi, ça ?

– Ça, c'est mon pied ! rugit Sthénélos. Et tu es en train de l'écraser !

– Chut ! souffle Ulysse. Vous faites trop de bruit ! On va vous entendre. Et tenez vos armes ! Vos boucliers cognent les uns contre les autres.

Mais les Troyens ne prêtent pas attention aux cliquetis et aux voix qui s'échappent parfois du ventre du cheval.

Ils sont bien trop occupés à pousser la statue à l'intérieur de leur cité. Dès qu'elle a franchi l'enceinte, ils rebâtissent la muraille.

La foule s'est rassemblée et les Troyens chantent et dansent pour encourager les hommes qui promènent la lourde statue dans les rues de leur ville. Des jeunes filles jettent des pétales de fleurs vers l'imposante carcasse. Des enfants se poursuivent en riant entre ses jambes.

Avec le cheval de bois, les Troyens fêtent la fin de dix années de guerre, ils fêtent le départ des Grecs et ils fêtent l'arrivée dans leur ville de ce merveilleux cadeau.

Enfin, la statue s'immobilise.

– Où sommes-nous ? interroge Ménélas.

– Devant le temple, répond Ulysse.

– Et que vois-tu par l'œil du cheval ?

– Des gens qui dansent, qui chantent, qui boivent, qui mangent, qui s'embrassent...

– Qu'ils en profitent ! ricane Sthénélos. Ils n'en ont plus pour très longtemps.

– Il y a cette fille aussi, ajoute Ulysse.

– Une fille que tu connais ?

– Que je connais, c'est beaucoup dire. Assez en tout cas pour savoir qu'il s'agit de Cassandre, une fille du roi Priam.

– Elle chante et danse, elle aussi ?

– Oh non ! Au contraire ! Elle essaie d'arrêter les Troyens. Elle clame que ce cheval conduira Troie à sa perte.

– Comment peux-tu le savoir ? interroge Machaon. Il y a trop de bruit pour entendre la voix de cette fille.

– Pas besoin de l'entendre, réplique Ulysse. Cassandre a un don : elle peut prédire l'avenir.

Les compagnons d'Ulysse s'affolent.

– Mais si les Troyens l'écoutent, lance Ménélas, nous sommes perdus !

Ulysse rit doucement et explique :

– Aucun risque. Le dieu Apollon a jeté un sort à Cassandre. Elle prédit la vérité, mais personne ne la croit jamais !

– Tant mieux pour nous, grogne Anticlos.

– Est-ce qu'on va encore attendre longtemps ? interroge Néoptolème.

– Jusqu'à l'arrivée de la nuit, réplique Ulysse. En attendant, dormons ! Bientôt, nous aurons besoin de toutes nos forces.

7
LA VILLE EN FLAMMES

Peu à peu, le bruit s'apaise autour du cheval de bois. Les chants cessent, les danseurs rentrent chez eux. Il ne reste que des coupes oubliées par les buveurs et un tapis de pétales de fleurs sur le sol de la cité.

Dans le ventre du cheval, les Grecs ne s'aperçoivent de rien. Ils dorment. Ils ronflent même ! Jusqu'à Ulysse qui s'est laissé glisser de son perchoir pour s'affaler contre l'épaule de Diomède.

L'obscurité descend et les étoiles s'allument. Loin, au ras de l'horizon, la lune fait son apparition. Elle n'est plus complètement pleine, mais elle est toujours aussi brillante.

Un premier caillou rebondit contre la coque du cheval. Ping !

Puis un deuxième. Ping !

Puis un troisième. Ping !

Puis toute une poignée : Ping ! Ping ! Ping !

– C'est quoi ce raffut ? marmonne Diomède dans son sommeil.

Ulysse se réveille en sursaut.

Ping ! Ping ! Ping ! Ping ! Ping !

Cette fois, c'est toute une rafale qui crépite contre le bois !

Et une voix murmure :

– Qu'est-ce qui se passe là-dedans ? Vous êtes tous morts ou quoi ?

– Sinon ! s'exclame Ulysse. Vite, vous autres ! Debout ! C'est l'heure !

– Hein ? Quoi ? Comment ? demande Acamas.

– L'heure de quoi ? grogne Néoptolème.

– L'heure de prendre Troie ! réplique Ulysse.

Voilà qui a le don d'alerter tout le monde. En un clin d'œil, tous les Grecs du ventre du cheval sont sur pied.

Ulysse donne des ordres.

– Épéos, ouvre la trappe. Anticlos, prépare les cordes.

La plaque de bois qui ferme le ventre du cheval glisse sur le côté. L'air de la nuit envahit la cachette. Les Grecs le respirent avec délices. Ulysse se penche et chuchote :

– Sinon !

– Je suis là ! réplique Sinon sur le même ton.

Dans l'ombre, Ulysse distingue à peine leur compagnon. Il semble tout petit, si loin en contrebas au pied du cheval gigantesque. Un instant, un vertige étourdit Ulysse. Ce n'est pas le moment ! Il se reprend et annonce :

– Sinon ! Je balance la corde ! Attrape l'extrémité.

La corde se déroule depuis le ventre du cheval jusqu'au sol troyen. Les charpentiers qui ont bâti le cheval n'ont pas fait d'erreur dans leurs calculs : la corde fait juste la bonne longueur !

Le premier, Ulysse l'empoigne et se laisse glisser. Bientôt, ses pieds foulent le sol de la ville.

Un à un, ses compagnons l'imitent, dans le plus grand silence.

Pendant ce temps, Ulysse interroge Sinon :

– Tu as envoyé le message ?

– Oui. Dès que les Troyens ont commencé à s'endormir, je suis monté sur les remparts. Nos bateaux étaient déjà en vue, avec la lanterne allumée sur le premier d'entre eux, comme nous l'avions convenu.

– Tu leur as fait signe ?

– Bien sûr ! J'ai agité à mon tour une lampe. Ils savent donc que tout s'est déroulé comme prévu. Puis je suis venu vous délivrer. Mais j'ai bien cru que vous étiez morts ! Qu'est-ce que vous fabriquiez, là-dedans ?

– Nous dormions, répond Ulysse.

Sinon est effaré. Il répète :

– Vous dormiez !

– Oui ! Il fallait bien prendre des forces !

Ulysse se tourne vers le petit groupe rassemblé au pied du cheval et interroge :

– Tout le monde est là ?

– Oui, nous sommes tous là, confirme Diomède.

– Alors, on y va. Les nôtres doivent être en train de débarquer. Courons leur ouvrir les portes de la ville.

Aussi silencieux que des chats, les Grecs se répandent dans les rues de Troie. Nul ne les entend. Les Troyens se croient en sécurité. Ils ont chanté, dansé, bu, et aucun n'imagine que le cheval était un piège.

Aucun n'imagine que, pendant qu'ils festoyaient, la flotte grecque a contourné l'île de Ténédos et est revenue sur ses pas.

À présent, toutes les portes de Troie sont ouvertes.

Les premiers Grecs se faufilent dans la ville. D'autres les suivent. Et d'autres encore. Très vite, ils sont partout. Un premier incendie est allumé. Puis un deuxième. Des cris éclatent. Les Troyens veulent saisir leurs armes, se défendre. Il est déjà trop tard.

Toute la nuit, la ville se bat.

Toute la nuit, la ville brûle.

Au matin, de nombreux guerriers troyens sont morts. Le roi Priam en fait partie. Et les autres sont prisonniers des Grecs.

Au matin, il ne reste plus de Troie que des ruines brûlantes qui fument sous le soleil levant.

Au matin, Ménélas a retrouvé son épouse Hélène.

Et le cheval de bois ?

Il a brûlé aussi.

Pas entièrement.

Dans un pli de son vêtement, Ulysse en conserve un morceau : un fragment de la paupière de l'œil grâce auquel il a pu suivre tout ce qui se passait à l'extérieur durant les longues heures où lui et ses compagnons patientaient dans le ventre du cheval.

La main serrée sur le bout de bois, Ulysse regarde les fumées qui s'élèvent vers le ciel. Il songe aux années de guerre qui viennent de s'écouler et aux guerriers qui sont morts dans un camp et dans l'autre. Il voit ses compagnons emmener les Troyens en esclavage.

Il se dit que c'est cela aussi la guerre : des vies détruites, des familles séparées.

Il se dit qu'il va enfin pouvoir rentrer chez lui… si les dieux le permettent !

Alors il glisse le morceau de bois sous sa tunique.

Comme un talisman.

POUR EN SAVOIR PLUS
SUR L'HISTOIRE DU CHEVAL DE TROIE

L'histoire du cheval de Troie appartient à la mythologie grecque. On connaît la mythologie grâce à des textes, des monuments, des statues, des vases et toutes sortes d'objets que l'on a retrouvés. Est-ce que cela signifie que l'histoire du cheval de Troie est une histoire vraie ?
Pas si simple...

Comment connaît-on l'histoire du cheval de Troie ?

D'abord par des histoires.

Dans un premier temps, ces histoires ont été racontées oralement. Un jour, certaines ont été mises par écrit, notamment par Homère. Mais Homère évoque à peine le cheval de bois ! Il en parle juste un peu dans l'*Odyssée*, qui raconte les aventures d'Ulysse lors de son voyage de retour à Ithaque. Plus tard, d'autres auteurs évoquent à leur tour le cheval de bois. C'est le cas d'Euripide, et surtout de Virgile.

Qui est Homère ?

Un auteur grec.
Il a vécu au milieu du 8e siècle avant J.-C.
On pense que c'est lui qui a mis par écrit les récits de l'*Iliade*, qui raconte un épisode de la guerre de Troie, et de l'*Odyssée*, qui met en scène les aventures vécues par Ulysse lors de son retour de Troie.

Qui est Euripide ?

Un auteur grec.
Il a vécu au 5e siècle avant J.-C.
Il parle du cheval de Troie dans une pièce qui s'appelle *Les Troyennes* et qui évoque notamment ce qui est arrivé aux princesses troyennes après la chute de Troie.

Qui est Virgile ?

Un écrivain latin.
Il a vécu au 1er siècle avant J.-C.
Il parle du cheval de Troie dans *L'Énéide*, qui retrace les aventures d'Énée, l'un des survivants Troyens, après la chute de Troie.

Qui est Ulysse ?

Un héros pas comme les autres.
Ulysse est le roi d'une petite île, Ithaque. Il est connu pour sa capacité à se sortir des situations difficiles non par la force, mais par la ruse. Il réfléchit avant d'agir ; il essaie aussi de convaincre par la parole et, en général, il réussit !

Est-ce que Troie a vraiment existé ?

Oui !

Et pourtant, pendant longtemps, on n'en a pas été certain. On pensait même qu'il s'agissait d'une ville de légende. Mais à la fin du 19e siècle, un passionné d'archéologie, Heinrich Schliemann, a une idée audacieuse. Il se dit qu'en suivant exactement les indications données par Homère dans l'*Iliade*, il peut retrouver Troie. À partir de 1870, il entreprend des fouilles à l'endroit qui semble correspondre à la description d'Homère. Il découvre les ruines de neuf villes superposées. Troie est la septième en partant du plus profond.

Où se trouve Troie ?

Dans l'actuelle Turquie.
La ville est située sur une colline, près du détroit des Dardanelles. Ce détroit permet de passer en bateau de l'Europe à l'Asie. À l'époque d'Homère, il se nommait l'Hellespont.
Troie était une ville riche et importante car elle surveillait le détroit et contrôlait la circulation des bateaux entre l'Europe et l'Asie.

Est-ce que le cheval de bois a vraiment existé ?

On n'en est pas sûr.

Mais, dans l'*Odyssée*, Homère décrit les Troyens qui hésitent devant l'énorme statue : vont-ils la détruire ou la faire entrer dans Troie ? Il parle aussi de Ménélas, qui se souvient des moments passés dans le ventre du cheval en compagnie d'Ulysse, Diomède et Anticlos. Et dans *L'Énéide*, Virgile retrace toute l'histoire. Il raconte par exemple comment les Grecs

ont imaginé d'envoyer l'un des leurs, Sinon, pour tromper les Troyens ; et comment Lacoon et ses fils ont été étouffés par des serpents sortis de la mer.
Mais ce n'est pas tout ! Le cheval de bois est représenté sur des vases grecs. Sur l'un d'eux, qui date du 7e siècle avant J.-C., on voit les guerriers grecs par de petites fenêtres ouvertes dans le cheval !

Comment le cheval de bois a-t-il été fabriqué ?

Avec des arbres qui poussaient à côté de Troie.
D'après Virgile, plusieurs espèces de bois ont été utilisées pour édifier le cheval : du pin, du sapin, du chêne et de l'érable. On disait que ces bois étaient imputrescibles, c'est-à-dire qu'ils ne peuvent pas pourrir. C'est sans doute pour cette raison que les Grecs les ont choisis ! Ils avaient d'excellents charpentiers qui connaissaient bien les différents types de bois car ils s'en servaient pour construire les navires.

TABLE DES MATIÈRES

Hélène Montardre

La Grèce est un pays magique. Chaque montagne, chaque forêt, chaque source, chaque île porte le souvenir d'un dieu, d'une déesse, d'un héros. Chaque lieu raconte une histoire. Ce sont les histoires de la mythologie. On me les a racontées, je les ai lues et relues, j'ai parcouru la Grèce pour retrouver leur parfum. Je ne m'en lasse pas. À tel point que j'ai eu envie d'écrire à mon tour les aventures de ces héros partis explorer le monde, et qui ont laissé leurs traces non seulement en Grèce, mais aussi dans nos mémoires.

Hélène Montardre est écrivain. Elle a publié une soixantaine de livres : romans, contes, récits, albums et documentaires.

Aux éditions Nathan, elle a déjà publié *L'ogre aux quatre vents*, *Le fantôme à la main rouge*, *Persée et le regard de pierre*, *Zeus à la conquête de l'Olympe*, *Ulysse, l'aventurier des mers*... et plusieurs romans de la collection « Petites histoires de la mythologie » !

petites histoires de la MYTHOLOGIE

DÉJÀ PARU

Dans le ventre du cheval de Troie

Thésée contre le Minotaure

Persée et la Gorgone

Jason et la Toison d'or

Les douze travaux d'Hercule

Ulysse et le cyclope

Le labyrinthe de Dédale

Achille le guerrier

L'enlèvement de Perséphone

Prométhée le voleur de feu

Pégase l'indomptable